Le chat de l'empereur de Chine

Évelyne Brisou-Pellen

Le chat de l'empereur de Chine

Illustrations de Boiry

À Puce.
Boiry

Un homme inquiétant

Ville de Hangzhou, en Chine

Qian appuya plus fort sur sa perche. L'homme était encore là, à le regarder passer de ses petits yeux à demi fermés. Ce regard qui filtrait entre les paupières mettait mal à l'aise. Le jeune batelier enfonça de nouveau sa perche dans l'eau et poussa violemment dessus, pour éloigner sa barque au plus vite.

Depuis trois jours, cet homme vêtu de rouge était planté au bout du quai de bois et surveillait la rivière. Tout d'abord, Qian l'avait pris

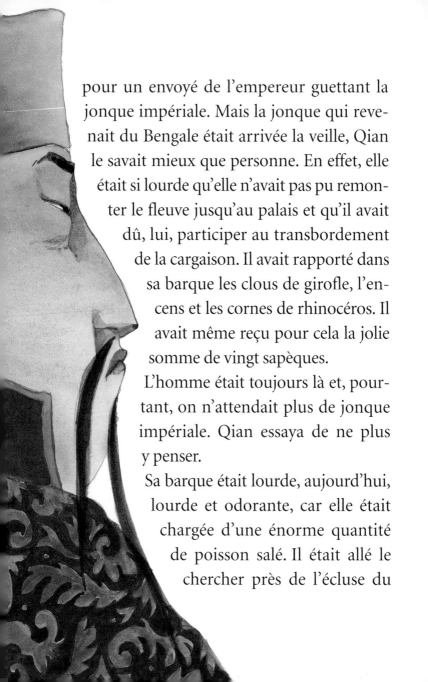

pour un envoyé de l'empereur guettant la jonque impériale. Mais la jonque qui revenait du Bengale était arrivée la veille, Qian le savait mieux que personne. En effet, elle était si lourde qu'elle n'avait pas pu remonter le fleuve jusqu'au palais et qu'il avait dû, lui, participer au transbordement de la cargaison. Il avait rapporté dans sa barque les clous de girofle, l'encens et les cornes de rhinocéros. Il avait même reçu pour cela la jolie somme de vingt sapèques.

L'homme était toujours là et, pourtant, on n'attendait plus de jonque impériale. Qian essaya de ne plus y penser.

Sa barque était lourde, aujourd'hui, lourde et odorante, car elle était chargée d'une énorme quantité de poisson salé. Il était allé le chercher près de l'écluse du

Grand-Fossé et ses huit sapèques de salaire lui avaient été versées d'avance : on le connaissait bien et on avait confiance en lui.

Par moments, l'odeur lui soulevait le cœur mais, malgré tout, elle était plus supportable que celle des ordures qu'il devait véhiculer les jours où on nettoyait la ville.

Bien qu'il soit maintenant loin de l'homme aux petits yeux, Qian avait encore l'impression de sentir son regard dans son dos. Il dirigea sa barque vers la berge du canal et accosta en douceur près du marché aux fleurs. Ici, ça sentait toujours délicieusement bon. Il était au cœur de la ville, son quartier préféré, vivant, grouillant de monde, bourdonnant comme une ruche.

Il attacha sa barque à l'un des anneaux scellés dans le mur et s'arc-bouta pour soulever le plus volumineux des paniers de poissons, celui qui était destiné au grand restaurant. Abominablement lourd. C'est au moment où il donnait un grand coup de reins pour hisser la charge sur son épaule qu'il LE vit. L'homme en rouge, qui lui barrait le passage. De surprise, Qian rata son geste, et le panier se renversa, éparpillant son contenu dans la poussière. Il resta un moment suffoqué, puis il se ressaisit et se précipita à genoux pour ramasser les poissons.

– Tu me sembles bien nerveux, remarqua l'homme d'une voix éraillée.

– C'est que je suis pressé, bredouilla Qian.

Il s'en voulut de n'avoir pas réussi à parler avec assurance.

– Qu'est-ce que vous me voulez ? reprit-il d'un ton un peu hargneux.

L'homme ne répondit pas tout de suite. Il frottait ses mains l'une contre l'autre avec insistance, comme s'il les lavait.

– Je t'ai observé, dit-il enfin. Tu me sembles sérieux, et j'ai du travail pour toi.

Qian respira mieux : ce n'était que cela ?

Il jeta le dernier poisson dans le panier avant de s'informer :

– De quoi s'agit-il ?

– C'est simple. Tu iras prendre des sacs au pont Noir, pour les mener au pont du Marché-au-Riz. Tu gagneras trente sapèques par chargement.

– Trente sapèques par chargement !

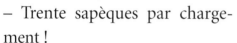

Qian se mordit la lèvre. Il n'aurait pas dû montrer son étonnement devant une aussi grosse somme. Heureusement, l'homme n'y accorda aucune importance et précisa :

– Il faudra effectuer le travail de nuit, c'est pourquoi je me montre généreux.

Qian faillit encore s'exclamer : « De nuit ! » et se retint au dernier moment. Quand il reprit ses esprits, l'homme avait disparu.

D'un geste mécanique, Qian remit le panier sur son épaule et entreprit de se frayer un passage entre les îlots de bouquets de fleurs, pour gagner les remparts. Comme d'habitude, les ruelles fourmillaient de monde, mais il était trop préoccupé pour y prêter attention.

Un travail bien payé, de nuit. Étrange…

Et puis quelque chose chez cet homme le dérangeait. Pourquoi l'avait-il observé durant trois jours pour lui confier un simple transport ?

Un transport de quoi, d'ailleurs ?

Qian soupira. Après tout, un travail était un travail, et trente sapèques par voyage, c'était bon à prendre. Combien y aurait-il de chargements ? L'homme ne l'avait pas dit. Peut-être que ça lui permettrait de s'acheter le bel oiseau jaune et rouge qu'il admirait tous les jours chez l'oiseleur de la rue des Six-Puits.

Qian déposa son panier au restaurant et repartit en courant. C'est qu'il avait d'autres livraisons à faire ! Dans la poussière des ruelles, ses pieds nus soulevaient de petits nuages, et ces petits nuages lui rappelèrent la couleur de la robe de son ami Houai-Tchou, le vieux marchand de bonnets à oreilles. Oui ! Il devrait aller le voir !
C'était quelqu'un d'important, Houai-Tchou. Il était fils d'une grande famille. Dans sa jeunesse, il avait été une sorte d'aventurier et son père, ne sachant plus qu'en faire, avait fini par lui acheter cet honorable commerce.

— Houai-Tchou ! s'écria Qian en entrant dans la boutique. Toi qui connais beaucoup de monde, peux-tu me dire qui est grand et gros, avec des yeux inquiétants et… ?

– C'est mon voisin, le marchand de thé, répondit Houai-Tchou d'un ton péremptoire.

– Non, non, je le connais, ton voisin ! Celui dont je parle a une grande robe rouge.

– Quel genre de rouge ?

– Pourpre, précisa Qian.

– Dans ce cas, il s'agit d'un mandarin du troisième degré, un homme important. Qu'a-t-il de particulier, à part ses yeux ?

– Eh bien, fit Qian en essayant de se le représenter, je ne sais pas. Mais si c'est un mandarin, je ne risque rien.

– Que croyais-tu risquer ?

– Le travail qu'il m'a proposé est à faire de nuit, alors j'avais peur qu'il ne soit pas très honnête.

– Ah ! lâcha Houai-Tchou.

Et il se mit à tripoter distraitement ses bonnets à oreilles.

Comme il n'ajoutait rien, Qian, rassuré, se dirigea vers la porte tout en fouillant dans la petite bourse qui pendait à sa ceinture. Il allait de ce pas investir quelques sapèques dans un plat de riz aux poireaux et aux pousses de bambou. Il y en avait de très bons chez les marchands ambulants de la Porte-où-on-attend-la-marée, près du marché au crabe.

Il était déjà dehors quand Houai-Tchou le rappela :

– Tout de même, pour cet homme en rouge, méfie-toi.

Qian hocha la tête. Peu à peu, son sourire se figea sur son visage. Ses angoisses venaient de se raviver.

CHAPITRE 2

Un sac plein de surprises

Qian avait participé à la prière pour que la pluie tombe car, si le soleil continuait à chauffer autant, il dessécherait les rizières, les plants mourraient et ce serait la famine. Déjà, on disait que le riz commençait à manquer et que l'empereur distribuerait bientôt aux pauvres ce qui restait dans les entrepôts publics.

Maintenant, la nuit était tombée, et la barque glissait silencieusement sur l'eau noire. Pas de lune. C'est à peine si on voyait le quai. Heureusement, Qian le connaissait si bien qu'il y discernait déjà les ombres inhabituelles qui allaient et venaient, déformées par les grosses charges qu'elles portaient sur le dos.

Curieusement, les ombres s'évanouirent avant que sa barque eût touché le bord.

Les sacs étaient bien là, tout seuls, Qian distinguait parfaitement leur masse noire. Ils avaient été déposés si près du bord qu'on n'avait qu'à tendre la main pour les toucher, sans même débarquer. Que contenaient-ils ? Mystère.

De nouveau, l'inquiétude l'envahit.

« Trente sapèques ! » se répéta-t-il pour s'encourager.

– Tu viens pour le transport ?

Il sursauta, pourtant la voix n'était guère qu'un chuchotement.

– Oui ! souffla-t-il sans voir à qui il parlait.

– Ne perds pas de temps. Charge.

Un sac lui tomba aussitôt dans les bras, puis un second, un autre et un autre… Il les entassait vite dans la barque.

Dix sacs. Qian reprit sa longue perche et s'éloigna sur l'eau. Le ciel était si noir que, très vite, il ne vit plus les berges. Alors son regard revint vers les formes tapies au fond de sa barque. N'y tenant plus, il déposa sa perche le long du platbord et entreprit de défaire un nœud. Quand le sac bâilla, il glissa sa main à l'intérieur avec précaution.

Sous ses doigts… du riz ! Il saisit un grain et le goûta. Ça croquait sous la dent. Du simple riz ! Il poussa un soupir de soulagement, referma vite le sac, reprit sa perche et lança le bateau à vive allure. Malgré tout, il avait hâte de décharger sa cargaison.

Il approchait du pont quand il entendit un bruit bizarre, comme un grattement. Il demeura immobile et tendit l'oreille. Plus rien. Il allait renfoncer la perche quand il perçut de nouveau…

C'était bien un grattement, et qui venait des sacs.

Un rat peut-être ? Un sale rat qui mangeait le riz ?

Eh ! Il demeura stupéfait. S'il s'agissait d'un rat, c'était un rat très bizarre, parce qu'il miaulait. Un chat ? Qian n'en était pas certain, pour la bonne raison qu'il n'avait jamais fréquenté de près ce genre d'animal, trop cher et trop précieux pour lui. On disait que les chats étaient de redoutables chasseurs de souris, mais on avait beaucoup de mal à en obtenir, car leurs petits se faisaient le plus souvent dévorer par les rats. Pour leur sauver la vie, on était obligé de les élever dans des cages jusqu'à ce qu'ils deviennent adultes, et c'est pourquoi ils coûtaient si cher. Qian ouvrit prudemment le sac.

Il recula d'un bond. Une petite tête poilue venait de surgir, gueule ouverte. Il réalisa enfin que cette gueule ne le menaçait pas, qu'elle cherchait juste un peu d'air.

D'une main hésitante, il extirpa l'animal de sa prison. Il s'agissait bien d'un chat, à demi

asphyxié. Comment avait-il pu être enfermé là ?
La petite bête était chaude et douce, avec une
fourrure soyeuse, et elle ronronnait douce-
ment, apparemment heureuse d'être entre ses
bras. Qian s'en sentit
tout ému.

– Assez rêvassé, dit-il enfin en installant son
passager-surprise sur la natte qui lui servait de
lit, au fond de sa barque.

Il reprit sa perche et glissa de nouveau sur l'eau.
Sans savoir pourquoi, il se sentait rassuré
par la présence du chat.

Il avait tort.

Qian déchargea ses sacs près du pont sans voir personne, et fit demi-tour pour aller chercher une deuxième cargaison.

Il aborda au pont Noir comme la lune se levait. Plus de sacs ! Pourtant, l'homme lui avait fait comprendre qu'il y aurait plusieurs chargements. Et ses trente sapèques, qui les lui verserait ?

Il hésitait sur la conduite à tenir quand il aperçut une autre barque, qui arrivait sur le canal perpendiculaire. Une grosse barque à voile. Celle de son ami Li ! Il se sentit immensément soulagé.

– Li ! J'ignorais que c'était toi qui amenais les sacs jusqu'ici. D'où viennent-ils ?

– Je les prends près de la rue des Marchands-de-Criquets, c'est tout ce que je sais.

La rue des Marchands-de-Criquets, Qian la connaissait, elle menait aux entrepôts publics.

– Je sais aussi, reprit Li d'un ton enjoué, que je dois donner soixante sapèques à l'autre batelier,

celui qui a une barque assez petite pour aborder facilement au marché au riz, c'est-à-dire le
noble Qian. Je suis content que ce soit à toi que
ces jolies pièces profitent !

– Moi aussi, dit Qian.

Mais son esprit était ailleurs...

« Entrepôts publics » ? C'était peut-être de là
que venait le riz. L'empereur aurait-il ordonné
de le déménager de nuit et en silence ?

Bien sûr ! Il s'agissait du riz
destiné à la distribution
du lendemain, et l'em-
pereur n'avait voulu
alerter personne, pour
que tout se passe
dans le calme.

C'est d'un cœur plus
léger que Qian aida à
transborder le riz du
bateau de Li dans le sien.

Le chat dormait tranquillement au fond de la barque qui descendait le courant, et, tout en mâchonnant un morceau de canne à sucre, Qian manœuvrait sans même y penser.

Il la connaissait si bien, sa barque, il la menait depuis si longtemps !

Sans compter que, depuis la mort de ses parents, elle était sa seule maison. Il aurait pu la diriger les yeux fermés dans tous les canaux de la ville, et il était capable d'aborder n'importe où sans jamais cogner le bois contre le quai.

C'était d'ailleurs pour cette raison qu'il avait été choisi ; mais cela, évidemment, il ne pouvait pas le savoir.

La lune dansait maintenant sur l'eau, la dorant de mille reflets. C'est ce qui permit à Qian de détecter une forme sombre, un tronc d'arbre, sans doute, qui dérivait. Tout de suite après, une autre tache noire passa près de sa barque. Qu'est-ce que ça pouvait être ? D'un adroit coup de perche, il l'arrêta et la tira vers lui.

Ses yeux s'agrandirent d'effroi : ils venaient de rencontrer ceux, grands ouverts, d'un mort.

D'un mort qui portait un costume de garde de l'empereur. Qian dégagea vite sa perche et laissa le corps filer dans le courant. Il sentit alors la sueur perler à son front et sa vue se brouiller. Il s'assit sur le bord de la barque.

Il ne sut jamais comment il avait abordé au pont du Marché-au-Riz. Sa tête sonnait si fort que ses oreilles n'auraient rien pu entendre. Sans doute avait-il déchargé les sacs, puisque son bateau était vide, maintenant. Quand il reprit réellement conscience, il voguait de nouveau au gré des courants du grand canal.

Sur la natte, roulé en boule, le chat dormait paisiblement.

CHAPITRE 3

Les geôles du palais

Lorsque Qian passa devant la boutique du marchand de thé, il remarqua que l'homme le regardait d'une façon bizarre. Probablement à cause du chat qu'il portait sur l'épaule. Il se redressa avec fierté. Évidemment, il s'agissait d'un chat étonnant, magnifique, rayé de blond et de roux, avec un long poil soyeux qui luisait aux rayons du soleil, un chat comme personne n'en avait jamais vu. De plus, il était doux et affectueux et semblait avoir une grande habitude de la fréquentation des hommes. En tout cas, il adorait voyager perché sur une épaule.

– Que m'amènes-tu là ? s'étonna Houai-Tchou.

– Tu n'as jamais vu de chat aussi beau, hein ?
Houai-Tchou plissa le front, comme s'il réflé-
chissait, puis il déclara avec lenteur :

– Depuis ce matin, un bruit court en ville. On
dit que les entrepôts publics ont été dévalisés et
que le chat de l'empereur a disparu. Un chat
roux et doré…

Qian s'arrêta de respirer.

– Ce chat, continua Houai-Tchou sans quitter
des yeux le garçon, se trouvait dans l'entrepôt
de riz où il a l'habitude de chasser les souris. Un
chat d'une espèce très rare, et qui vaut une for-
tune. L'empereur est furieux.

Qian ravala sa salive avec difficulté.

– Pour le riz, poursuivit le marchand de bonnets à oreilles, le problème est encore plus
grave, car il devait être distribué aujourd'hui
aux miséreux, qui sont au bord de la famine. En
plus, deux gardes ont été tués.

C'en était trop. Qian sentit l'affolement le
gagner.

– Je n'y suis pour rien, je te le jure ! s'écria-t-il. C'est cet homme qui m'a demandé de transporter les sacs, tu sais, l'homme à la robe rouge.

– Je le sais bien, dit Houai-Tchou. Seulement c'est toi qui as le chat.

– Il se trouvait dans un sac de riz, j'ignore pourquoi. Peut-être qu'il chassait une souris qui y était entrée. Peut-être qu'il y dormait tranquillement quand quelqu'un, sans le voir, a refermé le sac sur lui. Je vais aller le rendre tout de suite !

Houai-Tchou leva vivement la tête et fixa quelque chose par la porte ouverte.

– Cache-toi, siffla-t-il rapidement entre ses dents. Vite ! Cache-toi ! Sans comprendre, Qian se précipita derrière le comptoir et se tapit dessous.

De là, il n'apercevait plus que le bas de la robe grise de son ami qui allait et venait dans la boutique. Quelqu'un entra, quelqu'un qu'il ne voyait pas mais dont il reconnut la voix. Une voix éraillée. L'homme en rouge !

– On m'a dit que je pourrais trouver ici un jeune garçon du nom de Qian.

– Ah ! s'étonna Houai-Tchou d'une voix calme. Et comment est-il, votre Qian ?

– Pas très grand, maigre comme une chèvre affamée, la peau cuite par le soleil. Il possède une barque.

– Ah ! Ce Qian-là, fit Houai-Tchou. Je vois. Je le connais effectivement. Cependant il n'est pas là.

– Pourtant, continua insidieusement l'homme, votre voisin le marchand de thé l'a vu entrer ici.

– Ah oui ! s'exclama Houai-Tchou. Je pense bien, le petit chenapan ! Il voulait encore m'emprunter de l'argent. Je l'ai jeté dehors aussi vite qu'il était entré. Comprenez, je n'ai rien contre les gosses, mais il faut leur apprendre à vivre.

– Ainsi il n'est plus ici, prononça l'homme d'un ton songeur. Lorsqu'il est passé, n'avait-il pas un chat avec lui ?

Qian appuya un peu plus la tête du petit animal contre son épaule. Pourvu qu'il ne miaule pas !

– Un chat ? s'ébahit Houai-Tchou. Je n'ai rien remarqué. À votre place, j'irais voir du côté des quais, il y rôde souvent. Mais je pourrais lui faire une commission, s'il revient. Que dois-je lui dire ? Que lui voulez-vous au juste ?

– Oh ! Pas grand-chose. Je lui dois de l'argent, c'est tout.

– Ah… bien, fit Houai-Tchou d'un air inté-ressé. Vous pouvez me laisser l'argent, je le lui donnerai.

– Non, non, répliqua l'homme. Je préfère le lui remettre en main propre.

Et il sortit de la boutique.

– C'est lui, souffla Qian. L'homme en rouge. Et il me cherche !

– On le dirait, commenta sobrement Houai-Tchou en se versant un bol de soupe aux graines de lotus.

– Il sait que j'ai le chat. Il faut que j'aille le rendre au palais impérial. Je raconterai que je l'ai trouvé dans la rue.

– Attends, interrompit Houai-Tchou. Réfléchis. À ton avis, pourquoi cet homme te cherche-t-il ?

– Il veut récupérer le chat.

– Mais encore ?... Écoute-moi bien, Qian. C'est parce que tu as trouvé le chat que tu as compris que le riz venait des entrepôts publics. L'homme en rouge sait cela. Il sait que tu sais. Donc tu es dangereux pour lui et il cherchera à t'éliminer. Il lui sera facile de t'accuser d'avoir volé le chat et, par conséquent, d'avoir volé le riz.

– Je me défendrai. Je le dénoncerai !

– Si on t'arrête, crois-tu qu'on t'en laissera le temps ? Et puis, ce serait sa parole contre la tienne. Tu as le chat, ne l'oublie pas, et tout le monde t'a vu avec.

– Qu'est-ce que je peux faire alors ?

– Laisse cet animal ici pour l'instant, mets mon manteau et mon bonnet à oreilles pour que personne ne te reconnaisse, et cours au palais impérial raconter ton histoire.

Qian n'eut pas le temps d'esquisser un geste. Il y eut un grand bruit dans la rue, et deux gardes impériaux bondirent dans la boutique.

– Je t'arrête ! cria l'un d'eux en se saisissant de Qian. Tu es accusé d'avoir volé le chat impérial.

Houai-Tchou s'interposa :

– Cet enfant a seulement trouvé ce chat dans la rue, et il allait le ramener au palais.

– Toi, je te conseille de te tenir tranquille, ou tu risques de goûter aussi à la prison !

•••

Le cœur de Qian battait à se rompre. On l'avait traîné dehors, jeté au fond d'une voiture de police et, maintenant, les cahots le secouaient horriblement. D'après le bruit que faisaient les roues, on roulait à vive allure sur des dalles. Donc sur la voie Impériale. Le galop des chevaux se ralentit enfin, et la voiture s'arrêta. Un lourd bruit de portes. La voiture avança encore un peu, puis s'immobilisa.

Un moment passa encore avant qu'on ouvre la portière.

– Il faut que je parle à l'empereur ! cria aussitôt Qian. Je veux parler à l'empereur.

– À l'empereur, rien que ça, ricana un garde.

– Je vous en supplie, c'est très important !

– Tais-toi, ou je t'assomme !

– Je dois parler à l'empereur ! Je dois parler à l'empereur !

– Ferme-la ! hurla le garde en approchant son poing du visage de Qian. Comment peux-tu imaginer que Sa Majesté l'empereur autorise une vermine de ton espèce à lui adresser la parole ?

Qian ravala sa salive avec difficulté. Autour de lui, il y avait des murs. De très hauts murs. Ceux d'une cour. C'était la première fois que Qian voyait le palais impérial de l'intérieur, et il s'en serait bien passé.

Quand la porte du cachot se referma sur lui, il se laissa tomber sur le sol et se mit à pleurer.

– Le niveau de l'eau va monter, dit une voix.

Qian sursauta. Dans la pénombre du cachot, il n'avait pas vu l'homme. Il ne répondit pas.

– En eau, je m'y connais, reprit la voix. Je suis Wen-Ta, le porteur d'eau. Et là, j'avoue que je suis content, parce que le sol est très humide.

Qian recula contre le mur et fixa avec crainte la forme tapie dans l'ombre. Un fou ! En plus, on l'avait enfermé avec un fou !

– Ça signifie, poursuivit la voix, que nous sommes dans les cachots qui bordent le canal. Le dénommé Wen-Ta se redressa, s'avança dans la lumière de la petite fenêtre grillagée qui donnait sur l'extérieur et ajouta dans un murmure :

– Toi, tu sais des choses.

Il était grand et maigre, et Qian crut reconnaître son visage. Sans doute l'avait-il déjà vu dans la ville. Comme le porteur d'eau n'insistait pas, il finit par être intrigué.

– Qu'est-ce que je pourrais savoir ? demanda-t-il.

– Je l'ignore et je m'en moque. Mais si tu ne savais rien, tu ne serais pas là.

– Ah bon ? Et pourquoi ?

– Pourquoi ? On voit que tu ne connais pas les cachots de l'empereur. Ceux qui donnent sur le canal sont ceux dont on s'échappe. L'eau a descellé les pierres. On peut partir quand on veut, et ils le savent parfaitement.

– Qui, « ils » ?

– Les geôliers, et tout le monde.

Qian ouvrit des yeux ronds.

– C'est pour cela, continua l'homme, qu'ils mettent ici les gens qui « savent des choses ». Plutôt que de les interroger, ils les laissent filer et ils les suivent. C'est là que tout se joue. Si tu as quelque chose à cacher, tu as intérêt à être très malin pour arriver à leur fausser compagnie. Cette nuit, nous partons.

– Je ne pars pas, annonça Qian. Je n'ai rien fait, et ils n'auront pas besoin de me suivre pour trouver mes complices : je vais tout raconter à l'empereur.

Il y eut des bruits de pas dans le couloir, la lueur d'une torche éclaira le petit carré grillagé ouvert dans la porte, et un visage s'y encadra.

– Le nommé Qian ! appela une voix à ébranler les murailles. Quelqu'un veut te parler.

La tête disparut, le pas s'éloigna. Il n'y eut plus que le silence.

Stupéfait, le cœur battant, Qian attendit derrière la porte. Qui venait le voir ? Houai-Tchou ?

Il entendit enfin un froissement d'étoffe et une voix qui chuchotait :

– Il paraît que tu as des choses à dire à l'empereur ?

– Oh ! oui, s'exclama Qian, plein d'espoir. C'est urgent.

– Je suis son premier conseiller, reprit la voix, tu peux parler.

– Eh bien, se lança Qian, je sais qui a volé le riz des pauvres. Un mandarin du troisième degré. Il m'a payé pour le transporter, mais j'ignorais à qui il appartenait, je vous le jure. Je reconnaîtrais l'homme entre mille, je vous le montrerai.

– On transporte ici tant de riz… Es-tu sûr qu'il s'agissait de celui des entrepôts publics ?

– Oui. Dans un des sacs, il y avait le chat de l'empereur, celui qui a l'habitude de chasser les souris des entrepôts.

– Bien, bien, dit l'homme. Ton témoignage est précieux. Je vais avertir l'empereur et, avant ce soir, tu seras dehors.

Un immense soulagement envahit Qian. Un bonheur tel que ses jambes flageolèrent. Il se laissa glisser le long du mur et s'assit sur ses talons. C'est là qu'il l'aperçut. Par-dessous la porte. La robe. Le bas de la robe de son inter-locuteur. Elle était rouge.

Il porta la main à sa bouche avec effroi.

CHAPITRE 4

Fuir

Je ne comprends pas, protesta Wen-Ta. Tout
– à l'heure, tu refusais de partir, et maintenant qu'on t'a promis de te libérer, tu veux filer
sans attendre la nuit !

– Ne cherche pas à comprendre et aide-moi
plutôt à desceller cette pierre. Vite !

– Ce sera facile. Pas la peine de t'inquiéter.
Chut ! On vient !

Un bruit de pas. La porte du cachot s'ouvrit en
grand.

– Le nommé Qian, clama la voix du geôlier. Tu
changes de cellule.

– Mais… c'est impossible !

– Ordre du conseiller de l'empereur.

Qian en avait entendu parler et le reconnut sans jamais l'avoir vu : le quartier des condamnés à mort. D'ici, on ne percevait même plus le moindre bruit venant du dehors.

– Tu seras mieux installé, ricana le geôlier en le poussant dans une cellule minuscule, noire comme un four et sans aucune ouverture.

Qian regarda avec affolement autour de lui. Seule la grille qui perçait la porte à hauteur d'yeux donnait un peu d'air.

– Tu as entendu les clameurs, tout à l'heure ? reprit sournoisement le geôlier. C'est la foule, les miséreux à qui tu as volé le riz. On devait le leur distribuer ce soir. Si tu sortais, tu mourrais sur-le-champ entre leurs mains, et dans d'atroces souffrances, crois-moi.

– Je n'ai rien fait ! hurla Qian. Je peux raconter ce qui s'est passé ! Un homme en…

– Ça ne m'intéresse pas. Ça n'intéresse personne. Tu es coupable, c'est si évident qu'on ne va même pas te torturer pour te faire avouer.

À l'aube, on te tranchera la tête. Une mort trop propre pour ton crime.

Le geôlier quitta la cellule et la porte claqua. Qian fut pris d'un tremblement nerveux. On ne le torturerait pas parce qu'on ne voulait surtout pas qu'il parle ! Il allait mourir, comme ça, pour rien !

Il se cacha le visage dans les mains et les larmes roulèrent entre ses doigts.

Les heures passaient trop vite. Les larmes s'étaient taries et Qian fixait le noir devant lui sans plus arriver à penser. Il sursauta soudain en entendant un claquement, un petit bruit sec qui venait de la porte. Un bruit de loquet qu'on ouvre. La mort qui arrivait !

Il bondit sur ses pieds et s'aplatit contre le mur, comme si ça pouvait le protéger. Il respirait par à-coups, sans arriver à donner vraiment de l'air à ses poumons. Là ! quelque chose se glissait entre les barreaux de la porte.

Un… un chat.

LE chat !

L'animal sauta sur le sol, tourna sa petite tête fine vers lui et le contempla un instant de ses yeux luisants. Puis il s'approcha pour se frotter contre ses jambes en ronronnant.

Qian était tellement suffoqué qu'il ne vit pas que la porte était en train de s'entrouvrir. Ce n'est qu'au moment où elle couina qu'il fut alerté. Les mains crispées, il attendit. Mais rien ne se passa. Personne n'entra.

Le cœur cognant douloureusement, il s'avança. Son regard glissa par l'entrebâillement… Rien. Il n'y avait rien. Il ouvrit un peu plus le battant. Le couloir était sombre. Pas un garde dans les environs. Il prit dans ses bras son visiteur imprévu. Le chat avait-il senti sa présence ? Était-il venu pour lui ? En voulant sauter entre les barreaux, il avait dû prendre appui sur le loquet de la porte et le déclencher involontairement.

Qian se glissa dans l'entrebâillement et longea silencieusement le mur. Là-bas, tout au fond, il lui semblait distinguer une lueur, la pâle lumière du jour finissant. Il  comprit immédiatement de quoi il s'agissait : de l'ouverture par laquelle on jetait les cadavres dans le grand canal. Malheureusement, entre l'endroit où il se trouvait et la lumière de la liberté, son couloir en croisait un autre, beaucoup plus large, et qu'il faudrait traverser.

Il allait y jeter un coup d'œil quand il entendit un pas. Il s'aplatit contre le mur et musela, de sa main, la gueule du chat en soufflant « Chchch… » à son oreille.

Un garde passa, croisé presque aussitôt par un autre. Catastrophe ! le couloir était bien gardé, impossible à franchir.

Un long moment Qian resta là, le cœur plein de désespoir, sans se résoudre à faire demi-tour. Le chat commençait à se débattre pour se libérer le museau et, bientôt, il miaulerait de fureur. C'est alors que Qian eut une idée.

— Excuse-moi, dit-il au chat en lui posant un baiser entre les deux oreilles.

Il lui lâcha la gueule d'un coup et le lança le plus loin possible vers la gauche du grand couloir, en priant pour qu'il ne se fasse pas mal.

Quelqu'un cria à gauche. Un pas de course. Le garde de droite passa. Qian respira un grand coup et franchit le passage d'un bond. Le couloir d'en face, la porte, le canal… Un grand bruit d'éclaboussures.

Il avait plongé dans l'eau noire, le courant l'emportait. Au-dessus de lui se dressaient les hautes et redoutables murailles du palais.

Se perdre dans les canaux, c'était sa seule chance. Il fallait qu'il nage vite, loin, qu'on ne sache plus où le chercher. Il avait passé sa vie sur l'eau, elle n'avait plus de secret pour lui. Rien qu'à l'odeur, il aurait pu dire dans quel canal il se trouvait. Silencieux comme le requin, il s'éloigna de la rive.

Soudain, il perçut des cris. Un instant, il crut que l'alerte avait été donnée mais, curieusement, les éclats de voix semblaient venir de partout à la fois. Et ce n'étaient pas des cris agressifs, c'étaient plutôt des exclamations, des rires. Il devait malgré tout s'éloigner au plus vite.

Il s'arrêta. Cette lueur… Le lac était éclairé ! Pour la fête ! Et le courant qui l'entraînait sans qu'il puisse résister vers les lampions, les bateaux, et tous ces gens assemblés !

La fête, bien sûr, il l'avait oubliée. Pourtant il avait eu le projet de participer à la joute navale. Il avait même, dans cette intention, repeint sa barque de mille couleurs chatoyantes. Il était plutôt doué pour ce jeu et il savait comme personne renverser ses adversaires du bout de sa perche.

Mais ce soir, il ne jouterait pas. Il s'était involontairement mêlé à un autre combat, plus grave et plus périlleux.

De toutes ses forces, il luttait contre le courant qui le poussait vers le lac. Sans succès. La panique s'empara de lui. Voilà qu'il arrivait au milieu des bateaux ! Il s'aperçut alors que personne ne s'occupait de lui, pour la simple raison que des dizaines et des dizaines de jouteurs étaient déjà tombés à l'eau et qu'il n'était qu'une tête parmi d'autres.

Le courant étant moins fort de ce côté, il en profita pour gagner lentement la rive.

Son arrivée au bord ne surprit aucun des spectateurs groupés autour du lac. Il se glissa derrière la foule et reprit peu à peu son souffle. Où aller maintenant ? Sa barque était, à coup sûr, étroitement surveillée.

Chez Houai-Tchou ? Ce serait le premier endroit où les soldats le chercheraient.

Le désespoir l'envahit de nouveau. Claquant des dents, il se glissa parmi les roseaux qui bordaient le lac.

•••

Ce fut la fraîcheur du matin qui l'éveilla, et aussi les cloches. Elles sonnèrent d'abord dans ses rêves, avant qu'il ne se rende compte de l'endroit où il se trouvait. Il redressa la tête et regarda par-dessus les roseaux. Des moines descendaient la colline, et on percevait déjà le claquement des planchettes en bois qu'ils frappaient l'une contre l'autre, au rythme de la marche.

– Le temps est couvert ! Le temps est couvert !
annonçaient-ils de leurs voix chantantes.

Leur longue procession se dirigeait vers la ville.

– Le jour est là ! Le jour est là ! Le temps est
couvert !

Qian bondit sur ses pieds. Les moines ! Voilà
une idée : il chercherait refuge au monastère.
Il fila vers le pied de la colline.

Il tournait au coin de la rue lorsqu'il fut surpris
par une exclamation. Des gardes ! Ils venaient
de le repérer et lui barraient le passage en le
désignant du doigt. Qian fit demi-tour et se mit
à courir à toutes jambes.

Il croisa par malheur le chemin d'un verseur
qui, son long balancier sur l'épaule, récoltait les
urines déposées dans les seaux, devant les
portes. Il ne put l'éviter. Il lui fit effectuer un
malencontreux demi-tour, l'homme renversa
ses baquets, et l'urine se mit à dévaler la rue.

D'un bond, un marchand d'eau chaude s'écarta.

Son chaudron tomba et roula jusque dans les pieds des gardes. Il y eut des jurons, des cris, une cavalcade.

Qian n'entendait plus. Il courait, courait, c'était un cauchemar. Il allait se réveiller. Il avait envie d'appeler au secours, mais sa bouche était sèche, sa langue dure. Les hurlements de haine déchiraient son cœur. Les potiers, les brodeuses, les pêcheurs, les marchands de sauce de soja, les fabricants de nouilles, tous le huaient avec fureur :

– C'est lui qui a volé le riz des pauvres, c'est lui !

Il se jeta dans le canal, nagea, nagea…

Épuisé, il ressortit de l'eau en face de l'échoppe du marchand de rayons de miel sans même la reconnaître. Il ne savait plus où il se trouvait. Il était sale et hirsute, les gens s'écartaient sur son passage. Il prit à droite, et encore, et puis à gauche. Au couinement affolé de porcs qu'on égorge il réalisa qu'il était parvenu dans le quartier « Pratique de l'Équité ». Il le traversa et s'ar-

rêta enfin, tout pantelant, au bord d'un vaste espace, encore presque désert à cette heure : la voie Impériale. D'un côté elle menait au palais, de l'autre à l'autel des Sacrifices au Ciel et à la Terre. Il n'hésita pas, il prit la seconde direction. Au moment où il passait devant le temple des Ancêtres impériaux, il entendit crier :

– Le voilà !

Puis un bâton voltigea en sifflant et lui faucha les jambes. Il trébucha, hoqueta, et s'affala sur les larges dalles de l'avenue.

•••

Après sa chute, tout s'était précipité et, pourtant, il ne se rappelait rien. Il avait les côtes meurtries comme si on l'avait bourré de coups de pied, et c'était probablement ce qui était arrivé. Ensuite, le son grinçant de la serrure, l'odeur de moisi, le cachot. Il aurait voulu hurler, pleurer, mais il ne pouvait plus. Ses yeux restaient secs et durs, son cœur était mort.

De nouveau, le bruit de la serrure. Peut-être s'était-il passé une heure ou deux, ou alors seulement quelques minutes. Il se laissa soulever, emmener. Il marchait comme un somnambule. C'est l'air frais du dehors qui le réveilla. Il se trouvait dans une cour assez grande, nue, au milieu de laquelle un homme gesticulait, exécutant des moulinets au-dessus de sa tête avec un sabre colossal.

Qian sentit son sang se glacer. Il connaissait cet homme. Le bourreau !

Il y eut des bruits de bottes. Qian aurait voulu parler, crier qu'il n'avait rien fait, qu'il ne méritait pas de mourir… On lui glissa un bâillon entre les dents et on le serra si fort que le moindre mouvement lui entaillait la commissure des lèvres.

Les larmes roulèrent sur ses joues et se perdirent sous le bâillon. Il ferma les yeux. Il ne pouvait supporter la vue du sabre qui coupait l'air en sifflant tandis que le bourreau continuait à répéter ses gestes.

Un coup sur ses épaules ! Il était mort.

Du moins, il le crut. Et puis il sentit cette douceur, cette chaleur derrière sa tête, il entendit le ronronnement à son oreille.

– Ôtez-moi ce chat ! hurla le bourreau.

Un garde avança la main. Mais aussitôt, l'animal cracha violemment sa colère, se hérissant de la tête à la queue et découvrant ses dents pointues.

Le garde recula.

– Tant pis pour lui, il l'aura voulu ! ricana le bourreau. Il aura le cou tranché en même temps que son maître.

Qian sentit ses jambes se dérober.

– Arrête ! cria le garde. C'est le chat de l'empereur !

Le bourreau, qui venait de lever son sabre, le laissa retomber lourdement et demeura bouche bée, le regard plein d'effroi. Il avait failli tuer le chat de l'empereur ! Une épouvantable bévue, qui aurait pu lui coûter la vie.

– Il faut, bégaya-t-il, il faut enlever ce chat de là.

Ses mains en tremblaient encore.

Mais le chat s'était allongé sur les épaules de Qian et surveillait d'un œil sévère toute tentative d'approche.

– Impossible, protesta un garde, ce chat ne se laisse attraper que par l'empereur.

– Alors va chercher l'empereur.

– Il est en conférence avec son premier conseiller…

– Il comprendra. Le conseiller lui expliquera, puisque c'est lui qui a tenu à ce que l'exécution se fasse aussi rapidement.

CHAPITRE 5

Le jugement du chat

Me déranger pour ça ? s'exclama l'em-
– pereur.

– C'est que nous ne savons plus que faire,
bredouilla le garde sans oser lever les yeux.

L'empereur soupira avec agacement.

– Bien. Je vais aller me rendre compte.

– Ce n'est pas utile, vénérable Fils du Ciel, inter-
vint le conseiller en s'inclinant. Je peux m'en
charger moi-même.

– Sottises ! Vous le savez, ce chat n'obéit qu'à
moi.

C'était d'ailleurs la plus grande fierté de l'empereur : commander à des hommes était diffi-

cile, mais gagner le respect d'un chat l'était mille fois plus.

Il quitta la pièce d'un pas conquérant.

L'empereur s'arrêta dans l'encadrement de la petite porte, et contempla la cour des exécutions. Dans l'ensemble, les mises à mort l'ennuyaient terriblement, et il évitait d'y assister. Cependant, la scène d'aujourd'hui était plutôt cocasse. Le bourreau regardait son sabre pointé vers le sol d'un air excédé, et les gardes n'osaient approcher du chat, confortablement installé sur l'épaule du condamné.

L'empereur glissa ses pouces dans sa ceinture et émit un court sifflement.

Le chat dressa aussitôt les oreilles, et Qian sentit qu'il allait bondir vers son maître. Le désespoir lui broya le cœur.

Cependant, à la stupéfaction générale, le chat se ravisa et reprit sa position.

L'empereur resta muet, d'une immobilité de marbre. Il faillit siffler encore mais, si le chat n'obéissait pas, son honneur en serait terni à jamais. Il préféra donc s'abstenir et, pour que personne ne remarque son embarras, demanda sèchement :

– Qui est ce garçon ?

– Un nommé Qian, Sire, expliqua le conseiller. C'est lui qui a dévalisé les entrepôts de riz et volé le chat.

– Ah ! Voilà pourquoi le chat le connaît.

L'homme en rouge, qui se tenait prudemment en arrière, insista :

– Si je puis me permettre…, ce batelier est un vaurien de la pire espèce. Son crime n'est pas seulement contre votre honorable personne, Fils du Ciel, mais contre le peuple tout entier, qui a faim.

L'empereur ne répondit pas. Il caressait sa barbe d'un air rêveur.

– Ce garçon me semble en bonne santé, remarqua-t-il soudain.

– Euh… oui. Il n'en est que plus dangereux !

L'empereur eut un rictus agacé :

– Je veux dire par là qu'il ne me semble pas avoir été torturé. Pourquoi ?

Le conseiller pâlit. Il mit lentement ses mains dans ses manches et s'inclina, comme chaque fois qu'il adressait la parole à son maître.

– J'ai pensé qu'il était bien jeune, et…

– Je répète ma question, reprit l'empereur d'un ton impatient en détachant les mots. Pourquoi n'a-t-il pas été torturé ? Il dévalise les entrepôts, capture mon chat… À lui tout seul ? Il me paraît bien insignifiant pour cela. Donc, forcément, il a des complices. Il fallait le torturer pour qu'il les dénonce. C'est bien comme cela que vous pratiquez d'habitude, monsieur le conseiller ?

– Certainement, bredouilla l'homme en rouge, certainement.

– Et le riz, continua l'empereur, l'a-t-on retrouvé ? A-t-il avoué où il l'a dissimulé ?

– Hélas, non.

L'empereur observa son conseiller avec attention et recommença à se caresser pensivement la barbiche.

– Et d'ailleurs, dit-il enfin, qu'en aurait-il fait ? Où l'aurait-il écoulé ? Pour en vendre discrètement pareille quantité, il faut être supérieurement organisé. Enlevez-lui son bâillon, je veux l'interroger.

– Je vous en prie, s'interposa le conseiller, cette petite ordure va vous cracher au visage, vous ne connaissez pas son audace ! Votre dignité risque d'en être entachée.

L'empereur réfléchit un instant.

– Tu n'as peut-être pas tort, reconnut-il. Il vaut mieux que tu le fasses torturer par le bourreau.

– Je m'en chargerai moi-même, assura le conseiller en se courbant respectueusement.

L'empereur eut un geste d'acquiescement qui amena sur le visage baissé du conseiller un sourire de soulagement. C'est à ce moment-là que le chat se dressa subitement sur ses pattes. Ses griffes se déployèrent et il regarda fixement l'homme en rouge. Et là, d'un coup, dans un cri de fureur, il bondit sur lui.

Le mandarin ne comprit pas. Il reçut en plein visage un chat hérissé, toutes griffes dehors.

– Débarrassez-moi de cet animal ! hurla-t-il. Aaaaah !

Mais personne n'osait approcher de l'animal en furie. Seul l'empereur aurait pu quelque chose, cependant il ne semblait pas décidé à intervenir. À dire vrai, le Fils du Ciel était proprement suffoqué. Son chat. Son chat si doux… Que lui arrivait-il ?

Quand l'animal sauta enfin à terre, le mandarin avait le visage labouré comme par un rasoir. D'une pâleur mortelle, le menton tremblant, il s'affaissa comme un paquet de chiffons. Alors le chat trottina d'un air satisfait jusqu'au prisonnier, sauta sur ses épaules et se remit à ron-ronner.

Les yeux de l'empereur allaient du chat au conseiller évanoui, puis du conseiller au prisonnier. Le batelier aurait-il dressé le chat à attaquer ? Il était peut-être plus futé qu'il ne le paraissait. Et s'il était si futé, il ne parlerait pas sous la torture… Ou bien il mentirait, ce qui serait pire.

Le visage de l'empereur demeura songeur. Que décider ? Le mieux serait d'utiliser la ruse…

– Ôtez-lui son bâillon et relâchez-le, ordonna-t-il.

L'empereur disparu, les soldats emportèrent le conseiller pour le soigner, tandis que le bour-reau retirait le bâillon du prisonnier.

– Je… je dois parler à l'empereur, bredouilla vivement Qian.

– On te relâche, grogna le bourreau, alors file en vitesse avant qu'on ne se ravise. Et je te conseille de ne plus jamais remettre les pieds au palais. Mon sabre a trop envie de se venger.

Les mains encore tremblantes, Qian déposa le chat à terre. Il se sentait les nerfs à bout. Il aurait aussi bien pleuré que ri. C'est en titubant qu'il traversa la cour aux colonnes sculptées, longea le pavillon central et passa la lourde porte du palais.

Maintenant, il était dehors, ahuri d'être toujours en vie, assourdi par le brouhaha de la foule qui grouillait sous le soleil. Personne ne s'occupant de lui, il s'enfonça dans les rues.

Peu à peu, ses pensées se réorganisaient, et enfin la situation lui apparut clairement. Alors, il tourna la tête avec le plus de discrétion possible et se rendit à l'évidence : mettant en pratique la méthode dont lui avait parlé Wen-Ta, deux soldats le suivaient de loin.

Il avança tranquillement pendant un moment, puis tourna brusquement dans une rue sur la droite. Il s'enfonça ensuite dans la première à gauche, prit une autre à droite et s'aplatit contre le mur. Un miaulement discret… Le chat se frottait à ses jambes !

– Toi aussi, tu es sur mes talons, observa-t-il avec un pauvre sourire. Il ne faut pas. Je ne suis pas ton maître, je ne peux pas te garder, on m'accuserait encore de t'avoir enlevé.

Il lui caressa la tête.

– Tu sais, je n'avais jamais connu de chat avant toi, tu vas me manquer…

Aïe ! Les soldats ! Ils étaient parvenus eux aussi à suivre sa trace et faisaient maintenant semblant d'acheter des pâtés de cocons de vers à soie. Qian soupira. Inutile de songer à semer de tels hommes : ils étaient entraînés à coller à leur proie, il y allait de leur vie.

Quelle importance ? La fuite n'était de toute façon pas une solution, on ne pouvait se cacher sa vie entière.

C'est alors qu'une idée germa.

•••

Qian courait, enfilant les rues les unes après les autres, comme s'il cherchait quelqu'un ou quelque chose. En réalité, il essayait juste de semer ses poursuivants, au moins un petit moment, le temps de mettre son plan à exécution. Malheureusement, dès qu'il s'arrêtait, il entendait leurs pas précipités derrière lui. Ils ne le lâchaient pas ! S'ils ne le perdaient pas de vue, Qian ne pourrait pas entrer chez Houai-Tchou. Il ne voulait pas mettre son vieil ami en danger !

Au détour d'une ruelle, il détecta soudain un bruit de percussion. Or, il se trouvait près de la porte de la Rectitude-Élégante.

Le montreur de poissons savants !

Qian fendit la foule pour s'approcher et fit semblant de se passionner pour le spectacle.

Le vieil homme tapait sur son gong de cuivre et appelait par son nom un des poissons. Aussitôt, l'animal montait à la surface du bocal de laque et dansait un moment, son drôle de petit chapeau sur la tête.

D'abord, les soldats ne jetèrent au bocal qu'un coup d'œil discret, puis, voyant le batelier si occupé, ils regardèrent de plus en plus souvent du côté des poissons. Sans en avoir l'air, Qian ne les perdait pas de vue. Au moment où le gong résonna, les deux paires d'yeux se

détournèrent
en même temps...
Qian se jeta à quatre pattes.
L'instant d'après il se faufilait entre les jambes
des spectateurs.

Il entra en trombe chez Houai-Tchou.
– Ils ne m'ont pas suivi, haleta-t-il, ils ne m'ont
pas suivi.
Le marchand de bonnets à oreilles considéra le
garçon d'un œil mi-soulagé mi-inquiet.

– Je suis heureux de te revoir sain et sauf. Mais tu t'es échappé sans attendre le jugement ?

– Jugement…, soupira Qian avec un sourire amer. Si ça peut te rassurer, je ne me suis pas échappé, on m'a relâché.

– Alors pourquoi te poursuit-on ?

– Je te raconterai. Je ne voulais pas qu'on me voie entrer chez toi, or il fallait absolument que je te parle : tu es le seul homme que je connaisse qui sache écrire. Tu veux bien m'aider ?

•••

Une heure plus tard, Houai-Tchou remontait la voie Impériale avec, dans les bras, un chat roux et doré qui arborait au cou un rouleau de papier de bambou entouré d'un lacet bleu.

Houai-Tchou avait mis sa plus belle robe et sa ceinture à fermoir de jade. Son air digne lui valut de n'être pas écarté de la porte du palais. D'autant qu'il tenait contre lui LE chat.

– Je rapporte cet animal à l'empereur, dit-il. Il porte au cou un message qui lui est destiné.

Le garde observa le chat d'un œil méfiant, détailla l'habit de notable de Houai-Tchou, puis disparut, sans doute pour demander des ordres.

Au bout d'un long moment il revint et fit signe au marchand de bonnets à oreilles de le suivre. Ils traversèrent des salles aux colonnes dorées, d'autres entièrement revêtues de fresques colorées, et se trouvèrent enfin devant le Fils du Ciel.

Tenant toujours le chat, Houai-Tchou s'inclina profondément plusieurs fois, comme il le devait. Après quoi, sans lever les yeux, il tendit vers l'empereur le papier de bambou fermé par le lacet bleu.

L'empereur lut en silence, puis il réenroula le papier avec plus de lenteur qu'il n'était nécessaire, sans dire un mot. C'est qu'il était en train de réfléchir. Il songeait que, si le chat avait agressé le conseiller, c'est qu'il lui en voulait personnellement. Pour quelle raison ? L'homme lui avait-il fait quelque chose ? Il était possible qu'il l'ait lui-même enfermé accidentellement dans ce sac de riz où, ainsi que le disait le message, Qian l'avait découvert. Cela se tenait. D'ailleurs, s'il n'avait pas été à moitié asphyxié par son séjour dans le sac, jamais le chat ne se serait laissé attraper par un inconnu.

Et puis, le conseiller n'avait pas torturé le jeune batelier. Grandeur d'âme ? Cela ne lui ressemblait guère. Non, le conseiller ne voulait surtout pas que Qian parle, pour que personne n'entende ce qu'il avait à révéler.

La scène revenait à sa mémoire avec précision : le conseiller au visage tuméfié évanoui à ses pieds, le chat se léchant les pattes sur l'épaule du garçon qui roulait des yeux effrayés… À bien y réfléchir, ce chat avait toujours eu bon goût. On pouvait faire confiance à son jugement.

– Où est le garçon ? s'enquit-il enfin.

– Il se tient à votre disposition dans mon humble demeure, répondit Houai-Tchou.

– Parfait.

Le Fils du Ciel se caressa la barbiche d'un air pensif avant d'ajouter :

– Je crois que ce message dit la vérité, et que ce garçon n'est pour rien dans toute cette affaire. Du bout des ongles, il gratta affectueusement le cou du chat qui venait de lui sauter sur les genoux, et reprit :

– Puisque votre jeune ami m'a aidé à découvrir la malhonnêteté de mon conseiller, je le nomme garde officiel du chat impérial.

Houai-Tchou s'inclina, le visage impénétrable, et déclara posément :

– Si je puis me permettre, vénérable Fils du Ciel, je crois que Qian aime sa barque et son métier autant qu'il aime le chat, et…

L'empereur fronça les sourcils. Il considéra un moment l'impudent d'un œil sévère, puis ses traits se détendirent, son regard se fit peu à peu narquois, et il lâcha finalement :

– Après tout, il s'agit d'une récompense, pas d'une punition… Alors, je lui donne le chat. Et une pension pour le nourrir jusqu'à la fin de ses jours. C'est ce qu'il faut, n'est-ce pas ?

– Les paroles du Fils du Ciel sont de l'or, dit Houai-Tchou.

Et il salua profondément.

De ce jour, on put voir sur les canaux de Hangzhou une barque curieuse, avec un chat qui montait la garde à la proue. Un chat rayé de roux et d'or.

Le batelier était un jeune homme très respecté. Son nom de naissance était Qian, mais on ne s'en souvenait plus vraiment. On l'appelait « Celui-qui-a-été-choisi-par-le-chat ».